Vuela

Translated to Spanish from the English version of

Fly On

Dr. Omkar Bhatkar

Ukiyoto Publishing

Todos los derechos de publicación son propiedad de

Ediciones Ukiyoto

Publicado en 2024

Contenido Copyright © Dr. Omkar Bhatkar

ISBN 9789361725494

Todos los derechos reservados.

Queda prohibida la reproducción total o parcial de esta publicación, así como su transmisión o almacenamiento en un sistema de recuperación de datos, en cualquier forma y por cualquier medio, ya sea electrónico, mecánico, por fotocopia, grabación u otros métodos, sin la autorización previa del editor.

Se han hecho valer los derechos morales del autor.

Se trata de una obra de ficción. Los nombres, personajes, empresas, lugares, sucesos, locales e incidentes son producto de la imaginación del autor o se utilizan de forma ficticia. Cualquier parecido con personas reales, vivas o muertas, o con hechos reales es pura coincidencia.

Este libro se vende con la condición de que no sea prestado, revendido, alquilado o distribuido de cualquier otra forma, sin el consentimiento previo del editor, en cualquier forma de encuadernación o cubierta distinta de la forma en que se publica.

www.ukiyoto.com

Dedicado a

Mark Aumoine
Prachi Sarmalkar
Harsh Shah
Balarama Fornes
Sanket Angane
Pedro Magalhães
Nitya Narasimhan

Personajes

Sarthak

Sarthak tiene unos 30 años y es un hombre despreocupado y despreocupada, a medio camino entre la niñez y la madurez. Viaje de Goa a Ahmedabad en un autobús-cama que pasa por Bombay. Sarthak puede haber sido muchas cosas en cuanto a sus características, pero la obra trata de este viaje en autobús y lo que vemos en el viaje en autobús es también otra faceta suya. Hay nuevos descubrimientos sobre sí mismo que también le dejan con un "Sarthak" renovado. Viste con ropas holgadas y brillantes y camina como si fuera un modelo por las calles. Es un personaje imperdible dondequiera que esté, ya sea una habitación, un parque, un autobús o una gasolinera.

Farhan

Farhan es un personaje fácilmente reconocible en la calle por sus modales y rasgos de chico de al lado. Farhan viste con ropa cómoda y se toma la vida muy en serio, es disciplinado y habla menos. Aunque, en este viaje, se sorprende a sí mismo cuando conoce a Sarthak. Farhan es un ávido lector y le gusta pasar tiempo solo. Viaja en un autobús-cama de Goa a Mumbai.

Ambos se descubren el uno al otro en este viaje y después nada vuelve a ser igual.

La obra se estrenó en Mumbai en Marathi Sahitya Sangh en 2017, Dirigida por el Dr. Omkar Bhatkar, Sarthak fue interpretado por Harsh Shah y Farhan fue interpretado por Omkar Bhatkar. Los espectáculos posteriores fueron protagonizados por Abhishek y Omkar.

Nota del guionista y director

Fly On es el viaje de una noche, vagamente basado en un incidente de la vida real. Los destinos pueden cambiar en función de la geografía donde se represente la obra. La escenografía es mínima, las evocadoras luces azules se utilizan eficazmente para realzar las escenas. La parte más crucial de esta obra es su reparto. Una obra como Fly On..... requiere una delicada elección de dos personajes que puedan imbuir los rasgos y la vulnerabilidad emocional de Sarthak y Farhan. La obra no necesita pausa, sin embargo, puede incluirse dependiendo de la decisión del director. La obra prefiere no encasillarse en políticas de identidad y etiquetas, y Fly on..... es un intento de contar una historia desprovista de etiquetas. Los movimientos de la obra estarían restringidos, ya que la mayoría de las partes de la obra se encuentran en el autobús. Utiliza los movimientos sólo cuando los personajes salgan del autobús. Se puede hacer hincapié en la interpretación y los diálogos. La obra, si se pone en escena, puede ir acompañada de una cadenciosa guitarra acústica (en directo o pregrabada) para las secuencias emotivas y los apagones.

Las canciones mencionadas en la obra son sugerentes, el Director es libre de elegir la música que desee o incluso utilizar música en directo para acompañar la obra.

Para representaciones públicas y puesta en escena de la obra, póngase en contacto con

metamorphosistheatreinc@gmail.com

De la columna de la crítica

La vida es un viaje y las personas que se acercan a ti son todas desconocidas. Aun así, te enamoras de algunos de ellos. El verdadero amor es incondicional y mucho más intenso que una relación de "dar y recibir". Es bien sabido que el verdadero amor no conoce barreras de casta, credo, religión o nacionalidad. Aunque aquí va más allá y se adentra en un terreno inexplorado del universo social. Usted puede tener sus reservas, pero esta obra viaja sin obstáculos por el reino del amor, donde un ser humano es sólo un ser humano sin ningún reparo de género. Los dos hombres se revelan el uno ante el otro y se encuentran presos del amor. Aunque el viaje en autobús termina en su destino, no es el final del amor de hombre a hombre, que continúa en el recuerdo.

Basada en una experiencia real de la vida de alguien, es la historia de un viaje en autobús. Farhan, un introvertido, conoce a su copiloto, que parece ser hablador y extrovertido. Como el viaje es largo Farhan acepta su gesto de amistad. Pronto se revela que el tipo acaba de salir de la cárcel tras una remisión parcial de su condena de larga duración por su delito menor de tráfico de drogas. Muy emotivamente explica cómo pasó el torturador periodo de tres meses. Farhan siente simpatía por él y se acerca a la consola. Pronto, ambos se ven sometidos a una marea emocional y surge un amor en toda regla, que también tiene ramificaciones físicas manifiestas. Toda la obra está impregnada de diálogos filosóficos pronunciados por Farhan, que a menudo se muestra contemplativo. Desconcertado en cada una de ellas se encuentra su recién encontrado amigo, un alegre joven. La química va bien porque, a pesar de todas las paradojas, hay una similitud básica. Ambos quieren hacer las cosas de otra manera. Ambos aborrecen los caminos trillados.

Mientras que a Farhan le gusta perderse en los libros y volar en los pensamientos poéticos, su amigo lo prueba todo de vez en cuando, desde fumar hasta las drogas. Ambos parecen estar desconectados de sus mundos exteriores a nivel sentimental y existe un gran vacío en sus respectivas vidas. Ahora, ambos vacíos convergen entre sí rompiendo las barreras sociales para llenarlos. Según un diálogo alegórico, el vacío interior de una persona coincide con el inmenso vacío del mar y se genera un poema. Aunque el amor entre estos dos hombres es desprevenido y aleatorio, es incondicional y verdadero. Ambos saben que nunca volverán a verse, pero la experiencia que vivieron permanecerá para siempre.

El guión no pretende contarte una historia, sino que te lleva a una plataforma en la que eres capaz de reflexionar sobre las cosas ocultas tomándolas a plena luz bajo un cielo abierto. El guionista y director Dr. Bhatkar ha puesto brillantemente en escena la narración. Largas escenas en un solo asiento de autobús podrían haber sido un reto para un director medio, pero Omkar lo hizo tan natural que ni siquiera se puede apreciar la probable lluvia de ideas que había detrás. El asiento se mostró con la ayuda de un gran banco y las cortinas negras que lo enmarcaban. Cientos de gansos de papel colgaban del techo por todo el escenario y las plumas eran de color azul, como el cielo abierto. Esta innovación pragmática contribuyó a crear un ambiente filosófico.

Por Hemant Das

Crítico de escena

Contenido

Escena I	1
La espera del autobús	1
Escena II	3
Subirse al autobús	3
Escena III	11
El autobús se detiene para cenar	11
Escena IV	20
El autobús se mueve después de cenar	20
Escena V	36
El autobús se avería a medianoche	36
Escena VI	39
El Amanecer	39
Escena VII	42
Los cristales tintados	42
Sobre el Autor	*44*

Escena I
La espera del autobús

Son las cinco y media de la tarde y hay un chico que está esperando el autobús. Ha estado solo de vacaciones y ahora le toca volver a su vida habitual. Está esperando el autobús que llegará a las 6 en punto. No ve a mucha gente en la parada, pero está acostumbrado a ella y también sabe que el autobús suele llegar tarde. Allí ve a otro chico joven - Sarthak caminando con su barba, su piercing, y un tatuaje en la piel; como un típico hippie despreocupado que ha estado en Goa Y tiene un montón de equipaje. Así que tenemos a Sarthak, que ha estado en Goa de vacaciones durante un mes, un indio-americano de origen que espera en la parada del autobús sin saber qué le ha pasado a su autobús. Ya son las seis y cuarto. Como una persona sin dirección, se acerca a Farhan y le pregunta si puede ayudarle con el billete de autobús que tiene.

Sarthak :

¿Puede ayudarme con el billete de autobús?

Farhan :

¿No tienes teléfono? Porque, normalmente, te ponen al día de los autobuses que llegan tarde".

Sarthak :

Me robaron el teléfono en Goa. Estaba cenando sola cuando me levanté a recoger el bote de orégano de otra mesa, y en cuanto me volví, mi teléfono había desaparecido.

Farhan :

Bienvenido a Goa.

Farhan :

¿Adónde vas?

Sarthak :

Me voy a Ahmedabad.

Farhan :

¡Oh! Me voy a Mumbai. Pero creo que es el mismo autobús. Debe ir a Ahmedabad vía Mumbai.

Farhan :

(por curiosidad o para mantener la conversación) ¿Cuál es su número de asiento?

Sarthak :

16.

Farhan :

(mirando su billete) ¡Oh! La mía tiene 15 años. Así que, estás justo una litera detrás de mí.

Escena II
Subirse al autobús

(Así hablaron durante algún tiempo. Hablaron del lugar donde vivían y del motivo del viaje durante un breve tiempo, hasta que llegó el autobús. ¡SÍ! Llega el autobús. El autobús llega tarde pero está ahí. Ambos suben al autobús. 15 es una litera inferior y 16 es una litera superior)

Sarthak   :

¡Oh! Estoy encima de ti.

(A continuación, se dirige a su litera superior, la 16, y Farhan se sienta en su litera, la 15.) Ahí comienza un viaje. Un viaje que posiblemente les dejaría cambiados después de esta noche. Un viaje que nunca esperarían que cambiara el curso de sus vidas o un viaje como otros en los que la gente se sube en una parada, pasa un rato con los demás y se baja cuando llega su parada. Tal vez esta sea una analogía perfecta de cómo la gente entra en tu vida y la gente sale de tu vida. El viaje en autobús de Mapusa a Mumbai).

(Farhan estaba sentado en silencio. Se acomodó, puso las zapatillas en una bandeja, guardó la botella de agua en un estuche, guardó el bolso en un rincón, sacó el cargador del móvil y lo puso en un enchufe para ver si funcionaba. Como muchos autobuses privados, no suelen funcionar y entonces sintió curiosidad por ver si funcionaba la pequeña luz de lectura. La luz de lectura tampoco suele funcionar. Apagó la luz viola. Lo encendió y no funcionó. Esta noche no quería escuchar música, sino terminar el libro incompleto de Murakami que estaba

leyendo. Pero no había luz y por un momento sólo miró hacia arriba y preguntó a Sarthak)

Farhan :

¿Te importa? ¿Puede comprobar si su luz de lectura funciona?

(¿No sabe de qué luz habla Sarthak?)

Sarthak :

¿Qué luz?

Farhan :

¡La luz de lectura!

(La luz de lectura en la litera de Sarthak tampoco funcionaba)

Farhan :

Como de costumbre, no hay nada nuevo. La luz de lectura sólo funciona cuando los autobuses son nuevos durante un mes y luego se apagan para sumirse en una oscuridad eterna.

(Farhan estaba decepcionado porque ya no podía leer por la noche)

Sarthak :

¿Piensa leer algo? ¿De qué se trata?

Farhan :

Se trata de La crónica del pájaro que da cuerda.

Sarthak :

¿De qué se trata?

Farhan :

Es la historia de un hombre que vive una vida no tan perfecta con su mujer. Pero qué pasa un día que el gato que les regalaron cuando se casaron, desaparece y él empieza a buscarlo. Lo que ocurre en la búsqueda del gato, es que su mujer desaparece y ¿qué pasa cuando baja a un pozo que no tiene agua? ¿Qué ocurre con su vida cuando se da cuenta de que su mujer desaparece de su vida sin motivo? No sé más porque todavía estoy a medio camino.......

Pasa algún tiempo y Sarthak mira hacia abajo

Sarthak :

¿Quieres ver algo?

Farhan :

¿Cómo?

Sarthak :

Es una bolsa llena de monedas de diferentes lugares.

Farhan :

No me importa. ¿Te parece bien que lo vea abajo o quieres que suba a verlo contigo?

(A lo que Sarthak sonríe dulcemente y dice)

Sarthak :

Sí, puedo confiar en ti.

(Lo que pasa en un momento en la mente de Farhan es ¿cómo puede decir "puedo confiar en ti" un desconocido con una

sonrisa amable que apenas le conoce durante no más de 20 líneas?

Así que aquí Sarthak da las monedas a la parte inferior Berth y abre las monedas. Se los lleva y son de distintos lugares, desde Irlanda hasta el Reino Unido, pasando por los Emiratos Árabes Unidos y Kuwait. Y en ese momento Sarthak baja de su litera)

Sarthak :

Puedo ayudarte con lugares que no sabes a dónde pertenecen.

(Se inicia así una conversación que viaja de Irlanda al Reino Unido, de los Emiratos Árabes Unidos a Estados Unidos, de Tailandia a Bali, de la monarquía al socialismo, cuando empiezan a hablar de países, monedas y denominadores. Después de discutir sobre las monedas, Farhan cierra la bolsa y se la devuelve a Sarthak. Y la única pregunta que hace es:)

Farhan :

¿Por qué lleva estas monedas en el bolso cuando viaja? ¿Por qué no está en su casa?

Sarthak :

Lo llevé por error. Fue en casa de mi padre.

Farhan sonríe en su mente y piensa "¿Cómo puede alguien cometer un error así? De llevar monedas"

Farhan :

¿Qué hacías en Arambol? ¿Dónde te alojabas?

Sarthak :

Estuve aquí un mes de vacaciones. Sólo quería alejarme de todo. Sólo quería ser un pájaro libre. Tengo mucho en mi vida y sólo quiero superarlo.

Trabajo en los servicios postales de Estados Unidos, en el Departamento de Objetos Perdidos, que se ocupa de localizar cartas y documentos que no tienen la dirección correcta. Luego se rastrea y se envía al remitente o a la persona a la que debe entregarse.

Farhan :

¡Suena fascinante!

Sarthak :

No es tan fascinante como crees. ¡Es un maldito trabajo aburrido!

Farhan :

¿De verdad? Pero escribir cartas me entusiasma.

Sarthak :

No se parece en nada a escribir cartas. Sólo son documentos oficiales. La gente ya no escribe cartas.

Farhan :

Eso es verdad. La gente ya no escribe cartas. Me encanta escribir cartas. Sigo escribiendo cartas. Las cartas son tan tiernas, la emoción que encierra la carta cuando te la entrega el cartero. La curiosidad compasiva de quién pudo enviarla y el mundo que cambia tras abrir el sobre, no literalmente que el mundo cambie sino que esa carta tenga la capacidad de llevarte a un sueño profundo o hacerte dormir menos. Cómo todo en ese momento queda varado, la vida en ese único trozo de papel.

Sarthak :

Sí, eso es muy cierto. Pero mi trabajo es muy aburrido. ¿Qué haces Farhan?

Farhan :

¿Yo? Hago muchas cosas. Me gusta escribir, aunque todavía no he escrito nada considerable, sólo algunos relatos cortos y poemas.

Sarthak :

¡Suena emocionante! Tengo un amigo que conocí en Arambol, era alemán y solía venir a la playa a escribir y escribir. Así que todos los días escribía una o dos páginas por la tarde y se limitaba a hacerlo, sin un orden del día ni un tema concretos.

Farhan :

Sí, escribir es así. Me encanta mirar al mar y escribir.

Sarthak :

¿Por qué sólo el mar?

Farhan :

No sé, de alguna manera el mar e incluso el cielo son dos elementos, cuando los miras, te miran a los ojos y te llegan hasta el corazón y tocan la fibra sensible de tu corazón de tal manera que conectas con él desconectando el mundo. El cielo y el mar son esas grandes extensiones, infinitos que te hacen darte cuenta de lo que eres en este universo mayor. Una simple mota de polvo, ¿y qué más? Tu existencia, tu inexistencia, tu felicidad, tu alegría, tu todo no es más que una mota de polvo. ¿Significa algo en el universo más amplio? ¡Nada! Y esa nada abre el vacío en ti.

Sarthak :

¿Puedo ver alguna de sus obras escritas alguna vez?

Farhan :

Sí, por supuesto, puedo enviártelo una vez que llegue a Bombay y tal vez cuando nos detengamos para un descanso, pueda leerte en voz alta, algunos de mis poemas.

Sarthak :

¡Hey....! Suena increíble. Sabes, nunca he escrito nada. Escribo y lo hago lo mejor que puedo. Quiero decir que escribo artículos, artículos oficiales. Nunca he sido capaz de escribir un poema. Ni siquiera sé si puedo escribir un poema, seguro que será un mal poema de la vida si alguna vez lo intento.

Farhan :

No hay nada como la buena o la mala poesía. O es buena poesía o no es sólo poesía, y la poesía no consiste en escribir. La poesía es algo que sucede; te desvela. No tienes que sentarte a escribir un poema. Un poema levanta el velo y se abre ante ti como un capullo que se abre lentamente y se transforma en flor. Eso es la poesía. Simplemente ocurre. Uno no se sienta a escribir un poema, el poema se escribe solo si el que sostiene la pluma tiene el corazón abierto y estoy seguro de que un día, Sarthak, tú también podrás escribir tu poema. Sumérgete en la corriente cuando suceda.

Las luces se vuelven azules

Escena III
El autobús se detiene para cenar

El autobús para 20 minutos y ambos van a cenar. Es una noche azul y fresca. Sopla el viento. Crea un sonido de arrastre a su paso por las plantaciones de bambú de los bosques. Un lugar tranquilo para cenar, pero ninguno de ellos quiere cenar porque no les gusta comer mientras viajan, así que se limitan a tomar el té. Mientras Farhan bebe su té, Sarthak enciende un cigarrillo y le da una calada. En la fría noche azul, el humo del cigarrillo se mezcla con la atmósfera ya brumosa y parece como si sólo ambos existieran en esa bruma alrededor y nadie más y empiezan a hablar,

Sarthak :

¿Fuma?

Farhan :

No, no tengo.

Sarthak :

Entonces, ¿no tienes ninguna adicción?

Farhan :

Bueno, mi única adicción es la lectura. Leo, leo y leo y no puedo pasar sin ello. Creo que el día que dejara de leer me volvería loca. No puedo vivir sin él. Hace posible la vida. La lectura es algo que te transforma.

Como si leyeras a Murakami o a Kundera, el tiempo se detiene. Por supuesto, los leo traducidos y me vuelven loco. Me encantan las traducciones porque puedes aprender mucho de estos autores mundiales que, de otro modo, nunca llegarías a conocer.

Sarthak :

¡Sí, tío! Nunca he oído estos nombres como Murakami

Farhan :

Estoy seguro de que estás fingiendo

Sarthak :

¿Por qué iba a hacerlo? No te estoy tomando el pelo. Mi vida no me ofrece ese círculo en el que puedo seguir en contacto con la lectura y los autores.

Farhan :

Ya veo, luego está Han Kang. Me encanta Han Kang. Es una escritora coreana.

Sarthak :

¿Y sobre qué escribe? ¿O todos ellos?

Farhan :

Bueno, escriben sobre la vida, ¿qué más? Pero deberías leer uno de sus libros. Es alucinante, ¿sabes? Cuando terminas incluso un libro de Murakami, sientes que ya no eres la misma persona. Hay algo en ti que cambia y te transforma. Es tan fascinante lo que un libro puede hacerte. Y cuando eso ocurre lo llamo mi orgasmo intelectual.jaja..

Sarthak :

Bonito. Es una gran adicción.

Farhan :

Sí, es genial. Hace que merezca la pena vivir.

Sarthak :

Entonces, ¿has tomado drogas?

Farhan :

La verdad es que no. Desconfío del concepto de una sustancia externa que te lleva a un estado alterado de conciencia. Para mí, si una poesía, una obra de arte o una obra literaria pueden colocarte mentalmente, no creo que necesite algo como las drogas.

Sarthak :

Pero las drogas son diferentes. No se pueden comparar ambas cosas y eso es otra zona. Se te ha disparado el cerebro y estás en otra realidad.

Farhan :

Sí, deben de estarlo pero me sigue preocupando y la meditación vuelve a ser genial también.

Sarthak :

¡Sí! Sin duda alguna. La meditación es estupenda, pero aún de lo que te puede dar una droga, la meditación es muy diferente. No puede darte eso. No puede alterar tu estado de conciencia. Por supuesto, incluso la meditación puede, pero no al nivel que las drogas ....

Sarthak :

Bueno, no te he preguntado, pero, ¿qué has estudiado, Farhan?

Farhan :

Bueno, bueno, bueno, me parece complicado de responder. No considero que la educación formal sea la única forma de aprendizaje. Pero respondiendo de forma convencional, tengo un máster en Antropología y me encanta leer sobre culturas y civilizaciones.

Sarthak :

Antropología, realmente genial. ¿Cuál es su
¿Libro?

Farhan :

No creo que pueda tener un libro favorito, Sarthak, hay tantos, tantos autores que me encantan. Hay tantos . Ya sea Oscar Wilde, Kafka, Mishima o incluso Gabriel García Márquez. Hay demasiados escritores que me encantan. No puedo elegir a un escritor que me encante. Casi imposible.

Sarthak :

Ojalá supiera leer como tú tío, que lees mucho.

Farhan :

Incluso yo podría decir que me gustaría tener algo como tú. Como algo.......

Sarthak :

¿A qué te refieres? Sólo sé un poco de música y ya está.

Farhan :

¡Exacto! ¡Música! No estoy dotado de manos musicales para tocar ningún instrumento musical. No tengo voz para cantar. Quiero decir que ojalá pudiera.

De niña, ya sabes que siempre deseé aprender a tocar el violín, pero ese día nunca llegó y nunca lo he aprendido, pero estoy segura de que algún día podré hacerlo.

Sarthak :

¿Por qué esperas un día? Puedes hacerlo cuando vuelvas a Mumbai.

Farhan :

Bueno, podemos decirlo. Pero, volverás mañana a Ahmedabad. Estaré en Bombay y eso es todo. Nos absorberá la rutina de la vida. El violín sólo será parte de un sueño en el que duermo y sueño hasta que tenga tiempo para el violín. Pero algún día lo conseguiré. Vi que llevabas un violín o algo así...

Sarthak :

¿Ah, sí? Eso es un ukelele.

Farhan :

¿Así que tocas el Ukelele?

Sarthak :

Sí, acabo de comprarlo en Goa. Porque no tenía nada que tocar así que compré este Ukelele.

Farhan :

¡Vaya! Es maravilloso. Sabes por qué me gusta el violín: porque me encanta su forma. Y me encanta cómo suena. El ukelele tiene la forma exacta, hace poco vi a alguien tocarlo y pensé. Si el violín me va a llevar mucho tiempo, quizá debería empezar con el ukelele.

Sarthak :

Puedo darte mi Ukelele.

Farhan :

¿Estás loco?

Sarthak :

Sí, puedo dártelo. Tengo uno en casa que es muy bueno. Puedo darte esto. Puedes utilizarlo.

Farhan :

¿Hablas en serio?

Sarthak :

Sí, claro, puedes llevarte mi ukelele. Está justo en la litera. Puedes tomarlo por la mañana. Me parece muy bien.

Farhan :

¡Ahhhh! La casualidad no puede ser tan casual que acabe viendo a un hombre que lleva un ukelele y se me antoje tocar el ukelele. Y mira esto ahora, tengo a alguien que me da un Ukelele justo bajo la luna azul en este sonido de brisa de arrastre justo en esta noche de niebla. ¿Cómo puede haber algo tan mágico? Esto es Magia. Qué casualidad. La coincidencia no puede ser tan casual.

Sarthak :

Entonces, ¿crees en las coincidencias? ¿Como el destino?

Farhan :

¿Destino? Realmente no lo sé. Creo que labramos nuestro destino. No hay nada que esté predestinado. Todo lo que necesitas es la voluntad de poner el mundo patas arriba. Como este ukelele... a lo mejor lo quería de verdad y a ver cómo salía de *no* sé dónde. Míranos. Dos extraños. Nunca había tenido una conversación así con alguien que conocí en un autobús o en un tren y mira cómo estamos hablando...". Como si nos conociéramos desde no sé *cuánto tiempo'*. Quiero decir que nunca compartimos tantos detalles íntimos con alguien que acabas de conocer, cosa que yo estoy haciendo y me siento muy cómoda. Nunca me sentí tan cómoda con un desconocido.

Sarthak :

Eso es verdad, tío. Ya sabes, como si yo fuera al baño y... tú me siguieras para mear. Farhan, te parecerá raro, pero no me gusta mear con gente alrededor, así que uso los cubículos. Pero ya sabes, cuando entraste y estabas orinando mientras yo orinaba, hablábamos mientras orinábamos. Y por primera vez en mi vida, me sentí tan cómoda hablando con alguien mientras orinaba. Es algo que nunca he hecho y que no he contado a nadie.

Farhan :

¿Tú también eres así? También me incomoda orinar con gente alrededor. Como cuando voy a los centros comerciales o a los teatros, no me gusta que haya mucha gente alrededor cuando estoy orinando. Espero a que haya menos gente y prefiero usar cubículos. Es muy extraño. Nunca quise orinar pero luego pensé que es un largo viaje en autobús así que es mejor orinar y cuando estaba hablando contigo, de repente pensé en mi mente porque *soy un hombre de etiqueta*. Me dije: "¿Es bueno hablar mientras estás meando?" Y por un momento me dije: "¿Quieres callarte, Farhan?" Y me quedé hablando y me sentí absolutamente cómodo. Sin embargo, es muy extraño. Nunca me había sentido tan cómoda al lado de un hombre mientras orinaba. No sé cómo a veces nos ponemos de acuerdo. ¿Hablar de lo mismo?

Sarthak :

¡No creas que mi idea de coincidencia es como la tuya! No creo que haya algo como una coincidencia. No hay nada como el destino, como la Coincidencia. No se como decirlo hombre pero, no creo que sea una coincidencia.

Farhan :

Creo que sí. Todo sucede por una razón. No lo sé. Tendrá algún significado en el panorama general de la vida. Quizá no podamos verlo, pero seguro que hay un propósito. No creo que sea sólo un ukelele que tuve que recibir en un viaje, si ese fuera el caso; también podría haber sucedido así, está sucediendo de esta manera, así. Tiene que haber una razón; creo que hay alguna razón detrás de todo lo posible.

Las luces se vuelven azules

Escena IV
El autobús se mueve después de cenar

El autobús se pone en marcha. Ambos se sientan en la litera número 15 y continúan la conversación.

Farhan :

¿Cuánto tiempo llevas en la India, Sarthak? ¿Y cuándo volverás?

Sarthak :

Es una larga historia. No sé cómo decirlo. En realidad...... estuve en la cárcel. Estuve en la cárcel los últimos 6 meses en Al Wathba en Abu Dhabi. Es una larga historia. ¡Es sólo una jodida... jodida... jodida historia! Me jodió la vida. Todo lo que tenía. El pelo que ahora ves en mi cabeza, había desaparecido. Estaba rapado, calvo. Esa maldita manta que solían darme. Solía dormir en esa veranda con ese calor extremo de 40 grados centígrados. La ropa que me dieron eran harapos, simples trapos sucios de tierra y no preguntaron por la comida. Perdí 30 kg en los dos primeros meses; que estuve allí. Pescado rancio, carne rancia es lo que solían dar. Vomité en las primeras semanas. No podía tenerlo y dejé de comer. Pero eso no ayudaba. No tenía contactos. No sabía qué coño hacía en aquel lugar y si te digo por qué, te preguntarías por la crueldad de la vida.

Estaba ligeramente colocado cuando bajé en el aeropuerto. Tenía un vuelo de conexión a Estados Unidos. Viajaba con Etihad Airlines. Maldita seguridad de las aerolíneas Etihad... Nunca querría viajar con ellos. Nunca jamás quiero pasar por ellos. No sé cómo lo promocionan tanto en Internet. Estaba colocado cuando iba en el vuelo, pero me aseguré de tirar todo lo que llevaba en la maleta en cuanto a cualquier sustancia. Cuando bajé, me pidieron que me apartara para comprobarlo. Son perros guardianes, siempre que ven a alguien un poco diferente, un poco colocado o algo así, se lo llevan aparte para comprobarlo. Dije "De acuerdo". Me revisaron de arriba abajo, literalmente. No encontraron nada. Abrieron mi bolso y empezaron a revisar un poco... poco... poco.... Todo centímetro a centímetro. No encontraron nada. Algo más tarde, buscaron en el portabolígrafos de mi bolso y encontraron un trocito de hachís del tamaño de mi pulgar. Dijeron,

"Ven, te llevaremos

Pregunté: "¿Para qué?".

"Tenemos que llevarte. Llevas hachís en Abu Dhabi".

Le dije: "Pero eso ni siquiera es ....".

No estaban dispuestos a escuchar. ¡Malditos bastardos! Fueron a las esquinas de mi bolsa y quitaron todo lo posible. Por supuesto, no encontraron nada, sólo trocitos de tabaco aquí y allá del papel de un porro y lo juntaron todo y mostraron en un documento que yo estaba haciendo contrabando de drogas. Por un momento no supe qué me había pasado. Me esposaron y me metieron en la cárcel. Iba a Estados Unidos a reincorporarme a mi puesto de trabajo y aquí me encuentro en la cárcel, ¿y para qué? Simplemente no lo sabía. Las normas en Oriente Medio están totalmente jodidas. Todos están en contra del hachís. Al parecer, fue el hijo del jeque quien murió con una sobredosis de hachís y por eso lo han prohibido en todo el país y lo han prohibido en todas partes. Todo consumo de drogas es ilegal. Es un país jodido. Las leyes están jodidas. No me dieron la oportunidad de decir nada. No me dejaron decir nada. El documento que presentaron estaba en árabe. ¿Cómo iba a leerlo? Usted no sabe Farhan lo que estaba pasando. Estaba jodido. Sabes que no había lugar para caminar en la cárcel. La gente dormía a diestro y siniestro. Tendrías que hacerte un sitio encorvado en un rincón o en algún sitio. Estaba apestando. Me golpearon en la cárcel. Me llevó algún tiempo. Al cabo de tres meses, de alguna manera hice amigos en la cárcel y uno de ellos estaba estrechamente relacionado con el jeque. Me contó muchos secretos sobre la familia Sheikh. Recurrí y mi recurso fue denegado. No podía hablar con mi familia. Mi hermano estaba allí, pero sufre de bipolaridad extrema. Mi madre no está aquí. Vive en el Reino Unido. Padre está solo. Tampoco pudo hacer nada. Ningún humano se había dado cuenta de que me había ido. Podría incluso desaparecer de la faz de la tierra y el mundo seguiría moviéndose sin el menor contratiempo. Las cosas eran tremendamente complicadas, sin duda, pero una cosa estaba clara: "Nadie me necesitaba".

Las leyes en los EAU están jodidas. Nadie podía hacer nada. Azir es el amigo de la familia del jeque que dijo que las cosas en tu caso podrían ser un poco más fáciles. Fue entonces, después de 6 meses, cuando salí de la cárcel. Se suponía que mi condena era de 2 años. Me dieron el alta en 6 meses. Azir me contó que existe algo llamado el Mohram, en el que el primer ministro tiene autoridad para perdonar a los pecadores encarcelados y se perdona a los que han venido por sus pecados menores. Así que, en 6 meses, fui yo quien salió de la cárcel. Pero esos 6 meses habían destruido mi vida, mi ser y mi existencia. ¿Cómo voy a volver a mi trabajo? ¿Cómo voy a responderles? ¿Dónde estaba? ¿Quién creerá mi historia? ¿Y qué pasó en esos seis meses? ¿Desaparecí en el vuelo para no volver a ser encontrado? ¿Y qué era yo ahora, hasta qué punto era realmente "yo"?

¿Soy realmente quien era o hay algo de mí que murió en esa cárcel? Cuando recibí el documento de la sentencia y se lo enseñé a mi abogado, me dijeron que llevaba 5 tipos diferentes de drogas. Decía que llevaba 5 tipos diferentes de drogas. Lo sorprendente es que en todas las partes no se mencionó ni una sola vez el hachís. Así que lo que llevaba no se mencionó y todo lo que no llevaba no se mencionó. No puedo hacer nada al respecto. Como mucho, puedo escribir un artículo o un libro. Porque conozco a mucha gente así en la cárcel que no estaba allí por esa razón. Algunas historias eran más horrendas que la mía. Uno podría simplemente llorar escuchándolos o pensar en la fragilidad o la imposibilidad de vivir una vida. En efecto, estar vivo es de una ligereza insoportable. Esas historias que existían en la cárcel para gente que no debía estar allí, estaban allí. Almas tan grandes estaban todas dañadas en esa celda, y fue entonces cuando decidí simplemente venir a Goa y relajarme. Y creo que me lo pasé bien. Conocí a gente interesante, hice algo de música y mantuve conversaciones interesantes.

Mientras hablaban durante tanto tiempo en el autobús, se hizo de noche. Se apagan las luces, se corren las cortinas y como Sarthak sigue hablando de su historia, es muy importante que se sienten cerca y hablen para no molestar a los demás mientras hablan, y cuando Sarthak tiene lágrimas en los ojos, los pelos de punta en el cuerpo mientras hablaba de aquella cárcel. Fue en ese momento cuando Farhan cogió la mano de Sarthak. Fue en ese momento cuando Sarthak apoyó su cara en los hombros de Farhan. Fue en ese momento cuando se besaron. Fue un beso lento. Lento...fue un beso suave, muy muy suave como dos almas frágiles tratando de sostenerse con su fragilidad asegurándose de que incluso el sostenerse mutuamente fuera tan tierno que no se hicieran daño. Su firmeza acabaría con lo que sostenían. Por eso la sujetaban con ternura, con delicadeza, como si ambos fueran de cristal. El cristal frágil puede romperse incluso con un golpe o una brisa. Se miran a los ojos y Farhan no dice nada. Se produce un largo silencio.

Sarthak   :

No me imaginaba que.....

Sarthak :

Los errores que había cometido, tal vez formaban parte de mi propia constitución, una parte ineludible de mi ser. No podría vivir sin ellos.

Sarthak :

¿No sabía que mi planteamiento se sale de la tangente? Por supuesto que sí, pero es el enfoque "fuera de la tangente" lo que me atrae. No quiero ser responsable. No quería comportarme de forma comedida. No quiero ser razonable. Admiro mi pasión, sabiendo que la pasión es excesiva. Intoxicado, no quiero salir de la Intoxicación. Ahora, dime algo sobre tu vida Farhan. Cuénteme algo más sobre usted.

Farhan :

No tengo tanto que decir como tú sobre tu historia que acaba de suceder. Sí, tengo una vida pero me descubrirás con el tiempo.

Sarthak :

¿Con el tiempo? Este viaje en autobús terminará por la mañana.

Farhan :

Espero que sigas en contacto.

Sarthak :

Por supuesto, seguiré en contacto. Puedes enviarme inmediatamente una solicitud a través de Facebook.

No tengo número. No puedo dártelo ahora mismo. Pero puedes enviarme una solicitud ahora mismo. Búscame. En la foto estoy abrazando un árbol.

Ambos guardaron silencio durante algún tiempo. En ese momento,

Farhan :

¡Mira fuera! La luna brilla maravillosamente.

La luna era azul, como pueden ver por la hierba teñida de azul. Pudieron ver cómo el autobús se movía rápidamente y cómo la luna se movía rápidamente con él. Era esa hora de la noche en la que una vez más se cogían de las manos, se chocaban y esta vez se besaban con mucha más firmeza. Cuando los labios se separaron, Sarthak abrió los ojos y muy despacio dijo,

Sarthak :

Gracias por llevarme a donde no había estado en tanto tiempo. A donde me has llevado en un momento, lo había anhelado durante mucho tiempo. Cada noche, cada día, el tiempo que paso en mi habitación, deseo que haya alguien. Alguien que te cuidara, alguien que simplemente te cuidara, que estuviera cerca para hacerte sentir menos solo. Usted sabe que yo estaba en Arambol y había dos hermanos. A pesar de ser hermanos, no compartían habitación porque decían que no se soportaban.

Farhan :

Sí, está bien. No comparto mi espacio con mi hermano. No es importante que tengas que compartir espacio. Me molesta tener a alguien en mi espacio. Necesito mi espacio. Necesito mi habitación para mí sola.

Sarthak :

Sí, tienes razón. Pero, ya sabes, no es el día pero es la noche. En el momento en que se pone el sol, es de noche, y hay una soledad que se cuela en tu casa a través de tus puertas, a través de tus ventanas, a través de las grietas de tus paredes y te dicen: "Mira, estás solo. Mira, no tienes a nadie. Mira, ¿qué vas a hacer ahora?". Y esa soledad flota en el aire durante toda la noche y desearías que hubiera alguien que te abrazara fuerte en ese momento, cerca de tu corazón y te hiciera sentir que la vida es menos solitaria y hermosa

A medida que la noche se desvanece y el día se ilumina, el calor del sol llena la casa y entonces deseas Let it be, así es la vida... Quizá por eso te suenan muchas canciones en hindi e incluso en inglés. Por eso muchos de ellos dramatizan las noches. Supongo que por eso la noche te hace sentir el vacío de la vida, la nada de la vida. Es una oscuridad que te hace darte cuenta de que "Mira, eres una mera mota de polvo fugaz y no hay nadie que te quiera de verdad".

Pausa larga, se miran y fuera y vuelven a mirarse.

Farhan :

Me gusta mirarte, tus ojos parecen tan profundos, y tus labios son como .... No sé cuándo fue que besé así, ¡eres simplemente hermosa!

No sé qué decir, Sarthak, los dos hemos estado enamorados, yo he estado enamorada, no sé cómo llamar a esto es este Amor o historia de una noche, que pasará tan pronto como salga el sol. No sé si estaremos en contacto cuando vayas a Ahmedabad, yo mismo lo sé. Todos somos tan impredecibles, por supuesto que me gustaría estar en contacto, no sé cuál es la historia de esta noche. Pero me gusta estar en el momento, no sé si es amor o la razón por la que nos conocimos. Estoy seguro de que habrás visto lo que estaba escrito delante del autobús: "Jesús te mostrará el camino" Quizás Jesús nos está mostrando el camino. Este es el camino No sé cuándo terminará esto, pero por lo que sé de la vida.

A veces, las cosas suceden en retrospectiva. A veces las cosas simplemente suceden, un acontecimiento, seguido de otro y ....y estos acontecimientos son como puntos en el vasto espacio exterior.

Los acontecimientos son situaciones aleatorias pero, como seres humanos, nos gusta dar sentido al caos. Nos gusta ver las cosas como coincidencias, no nos gusta ver las cosas en caos, y todo nos parece más significativo como una imagen que conecta puntos, tal vez así es como se supone que debe ser. Un punto aquí, una situación. Otro punto allí, otra situación y un tercer punto allí, tercera situación, y tantas situaciones más esparcidas como puntos. Por supuesto, están dispersos al azar y no tienen sentido. Por lo tanto, de alguna manera, tratamos de conectar un punto con otro y además. Para poder dar sentido a las situaciones y presentarnos una imagen a nosotros mismos y tal vez etiquetarla como "Coincidencia". Tal vez, no estoy seguro de ello, Pero he pensado en ello incluso de esta manera. Sarthak, quizá sea como una ruta que no tiene sentido en sí misma, su significado deriva enteramente de dos puntos que conecta.

Quizá se pregunte qué estoy farfullando.

Sarthak :

Nunca había conocido a alguien así y hablado con él durante horas. ¿Cuándo fue la última vez que hablé con alguien así? No lo sé. Me alegro mucho de haberte conocido. No sé qué pasaría si no te conociera.

Sarthak :

Voy a recostarme un poco. Farhan, creo que necesito dormir un poco. Anoche no dormí.

(Farhan estaba un poco conmocionado, no le encontraba sentido a la situación. Él no entiende por qué Sarthak quiere ir a su litera ahora)

Sarthak :

O Farhan, ¿debería subir?

Farhan :

Lo que te apetezca.

Sarthak :

Entonces, subiré.

Sarthak :

¿Puedes despertarme? ¿Cómo lo pongo? ¿Puedes despertarme hasta que llegue la próxima parada para que baje y podamos hablar más?

Farhan :

Sí, puedo hacerlo; la próxima parada será en una hora o dos. Te despertaré

Sarthak sube y sube, cierran las cortinas y la pálida luz azul de la luna cae sobre su rostro.

Sarthak :

(estos son pensamientos- hablando consigo mismo) ¿Por qué subió? ¿Estaba realmente cansado? ¿Lo despierto? ¿Sonaré desesperada? ¿Y si no tiene el sueño ligero? ¿O debo empujarle y despertarle si no se levanta? Eso podría ser grosero. ¿Por qué todo esto, y ahora cómo voy a sobrevivir a esto

Farhan no dejaba de pensar; el aire acondicionado del autobús hacía que se enfriara, y trató de entrar en calor de todas las formas posibles. Y de alguna manera se las arregla, después de algún tiempo el autobús se detiene y se pone feliz, y no sabe cómo despertar a un extraño como este. Entonces se vio el tobillo y se lo marcó un poco. Sarthak mueve la cabeza y mira a Farhan pero sus ojos siguen cerrados y Farhan se desilusiona piensa que realmente podría querer dormir, está cansado, o no quiere hablar más pero ¿por qué pasaría eso? ¿Fue el beso?

Sarthak :

(estos son pensamientos- hablando consigo mismo) Que fue, esta litera es tan grande para una persona diminuta como yo, solo estoy rodando de un extremo al otro,

aunque la litera esta hecha para una sola persona era tan comoda con el, ahora cuando el no esta se siente vacia, no se como llenarla.

Farhan :

(estos son pensamientos- hablando consigo mismo) Había construido un muro defensivo más alto a mi alrededor. Puede que incluso Sarthak haya levantado un muro, y puede que por eso no quiera bajar a hablar. Tal vez quiera protegerse y permanecer en ese muro que le rodea. Sin embargo, lo que quedaba tras el muro era muy parecido a lo que había detrás de mí. Y, sin embargo, estábamos aislados en nuestros propios muros.

Sarthak :

(son pensamientos- hablando consigo mismo) como yo, ¿es un alma frágil atrapada en una botella de cristal?

Farhan :

(estos son pensamientos- hablando consigo mismo) Él me quería entonces. Su corazón estaba abierto para mí. Sin embargo, me contuve, de nuevo en la superficie de la litera. Yo estaba pegada a la litera y él flotaba en las estrellas del exterior. Su vida fluía fuera y yo estaba atrapado en el autobús sin vida. Y al final, me dejó y mi vida se perdió de nuevo. Y ahora me estoy congelando en este frío, tal vez debería bajar.

(Mientras piensa y mira la noche, Sarthak baja)

Sarthak :

Hace un frío del demonio, no puedo dormir así. No me gusta AC

Farhan :

Yo también odio AC, ¿quieres tumbarte aquí

Sarthak :

¡¡De todos modos!! Fue una estupidez subir.

Sarthak :

Estaba cansado. Quería dormir, pero también quería hablar contigo. ¿Por qué hice eso, hombre?

Sarthak hace un poco de espacio y ambos se tumban, cogidos de la mano. Unos instantes de silencio, luego mirándose a los ojos.

Farhan :

¿Has estado alguna vez con un hombre?

Sathak :

No al menos en los últimos 30 años. No, nunca. Sólo algo con un chico en el internado, ya sabes cómo es en el internado, sólo un poco de algo y luego se acabó en algún momento. Más tarde tuve mujeres en mi vida, todo tipo de mujeres. Ahora tengo novia, pero no estoy seguro, ya que es muy confuso porque ella se comprometió hace algún tiempo. Es radióloga. Estamos bien el uno con el otro pero ella tiene una amiga Samantha. A ella también le gusta. Así que me quiere a mí y a ella, y yo no sé cómo hablar de ella; ella no sabe qué hacer. Por eso no sé si es mi novia o no.

También estaba allí otra chica, Alice; estuvimos juntas bastante tiempo. Era inteligente y extrovertida, pero tras un año de relación, también nos alejamos el uno del otro. Siempre estábamos juntos y pasábamos todos los días juntos. Poco a poco, todo se desvaneció en el olvido. Vivía bajo un cielo que no tenía nada que ver conmigo. Ella ya no me buscaba, yo ya no la buscaba. Recordarla ahora no despierta ni amor ni odio. Al pensar en ella, estoy como... anestesiado sin ideas, sin emoción.

¿Y tú Farhan, eres bisexual?

Farhan :

Cómo responder a eso Sarthak,

Farhan :

Probemos mirándote a ti, en realidad nunca has estado con un hombre en 35 años, y este es el primer hombre con el que has intimado tanto, ¿ahora te consideras gay, o se trata sólo de algo que pasó en una noche? ¿Es algo sólo físico? ¿No sucederá nunca algo así? Si lo hace, ¿será sólo físico? Por el momento, ¿es sólo físico?

Sarthak :

⁽No

Farhan :

No es sólo atracción física, sino algo más allá, algo que invoca partes de nosotros desconocidas.

Sarthak :

Me gustas por cómo hablas a alguien que habla así, alguien con un corazón tan hermoso.

Farhan :

Exactamente es lo que son, llámalos como quieras, es lo que hay en la mente, se trata de cómo se gustan, la forma en que me abrazas y te abrazo ahora mismo tan delicadamente como si tropezaran, se romperán, en este momento, pero no quiero perderte pero sé que te irás, quiero abrazarte tan fuerte para poder llevarme una parte de ti conmigo. Llevas mi camiseta, puede que te ayude a resguardarte del frío. Y sabes cuando subiste lo que hice, olí mi propio aliento y pude olerte en mi aliento. Quería conservar esto para siempre. Y todo esto es momentáneo. Esto no será nada por la mañana.

Ambos se abrazaron y se quedaron dormidos en la oscuridad de la noche.

Música - Stars Die de Porcupine puede sonar aquí desde las primeras estrofas hasta que las escenas pasan a la siguiente.

Sarthak :

(estos son pensamientos y está hablando consigo mismo)
 ¿Qué parte de esa persona a la que llamaba "yo" era realmente "yo" en ese momento y qué parte "no"? Estas manos sosteniendo las de Farhan y ¿cuánto porcentaje de ellas llamaría mías? El viaje en autobús, la litera, el resplandor de las estrellas en el cielo y la carretera a oscuras alrededor, ¿cuánto de todo eso es real? ¿Cuánto de lo que experimenté con Farhan es realmente "yo"? ¡Lo que sentí, nunca lo

había sentido por otro hombre! Entonces, ¿qué es verdad? ¿No era consciente de toda una existencia mía de la que acabo de darme cuenta en este viaje? ¿Soy un desconocido para mí mismo? ¿He tardado 36 años en conocer también otro lado profundo de mí? ¿Qué parte de esa persona a la que llamaba "yo" era realmente "yo" en ese momento y qué parte "no"?

Cuanto más pensaba en ello, menos parecía entenderlo.

Farhan :

(son pensamientos y habla solo) Porque todos buscan lo mismo: un lugar imaginario, su propio castillo en el aire y su rincón especial. Tal vez estoy buscando este lugar seguro imaginario, tal vez Sarthak también. Quizá por eso nos abrazamos tan fuerte para que no pase este momento, en el que hemos encontrado nuestro refugio seguro.

Las luces se vuelven azules

Escena V
El autobús se avería a medianoche

El autobús se detiene durante mucho tiempo, Sarthak abre las cortinas y ve que el autobús se ha averiado.

Salen al exterior y ven el cielo lleno de estrellas que brillan intensamente.

Sarthak :

Sabes que me encanta mirar las estrellas. Pasé una noche en Sanjan y fue una experiencia de otro mundo. Estuve despierto hasta las 8 de la mañana y vi 14-15 estrellas fugaces en una noche. Cuando los vi caer aquella noche, supe que nadie me creería a la mañana siguiente. Estrellas que caen, para convertirse en nada, destruyendo su belleza al quemarse hasta morir.

Fue una noche preciosa. Esta noche también es preciosa, el autobús se ha averiado en medio de la nada y no nos da tiempo a llegar a casa. Mira a los demás, y lo tensos que están, nosotros somos tan felices estando perdidos.

Farhan :

Quizá porque estar perdido es una sensación especial, hasta que no estás perdido no puedes encontrarte a ti mismo. Es hermoso estar perdido.

Sarthak :

Ahora siento el impulso desesperado de encender mi cigarrillo para despertarme. Quiero un encendedor,

(sorprendentemente nadie tenía una, el mecánico le dio una cerilla)

Farhan :

Es curioso como una pareja está tratando de resolver una pelea para encontrar algo que habían perdido, otro hombre en el autobús estaba buscando Digene para su dolor de estómago, una mujer estaba buscando a sus hijos miman kit, usted está buscando un encendedor, había una señora que estaba encontrando un lugar para orinar,........

Y ese hombre parado en medio de la carretera para parar un autobús para subir al autobús, dijo que necesitaría una correa de goma para arrancar el autobús y no pudo encontrar la de repuesto en el autobús. Cada uno aquí está buscando algo, y tú estás buscando un encendedor. En el curso de los acontecimientos, todos buscamos algo. Y la importancia de lo que buscamos sólo depende de nosotros. Para la Señora encontrar un lugar donde orinar es tan importante como encontrar la correa de goma para poner en marcha el autobús y tan importante como para la pareja resolver sus rencores. En medio de todo esto, aquí estoy hablando contigo, sin preocuparme de cuándo llegaremos a ......

Después de pasar unos momentos juntos, se arregla la correa del autobús y éste por fin arranca, ambos suben,

Sarthak :

(*El* cielo está lleno de estrellas y millones de grillos cantan. Podía oír su aliento, como una brisa azul. Me dormí escuchándolo fluir.

El autobús arranca lentamente.

Música - Stars Die de Porcupine puede sonar aquí desde las últimas estrofas hasta que las escenas pasan a la siguiente.

Escena VI
El Amanecer

Farhan   :

(estos son pensamientos y está hablando consigo mismo) Mira Jesús nos mostrará el camino y así es como nos puede estar mostrando el camino, he estado en los autobuses Paulo tantas veces que nunca se ha roto, y hoy cuando me encuentro con una persona tan increíble lo hace. ¿Es coincidencia pero no puede serlo tanto? Coincidencias, Fronteras de

Amor.......Longing.

Hay una cierta frontera cuantitativa que no debe cruzarse, pero nadie se da cuenta de que existe. Y en este momento, he cruzado esta frontera, sin saber lo que está por venir......... ¿Es todo por este Amor, esta noche, este viaje, el autobús, Sarthak, la litera n° 15, el Ukelele o qué exactamente? ¿Cómo se desveló esto?

Quizá Love is love, es todo lo que se puede decir al respecto. Es un par de alas que laten en mi corazón y me impulsan a hacer cosas que parecen insensatas.......

Farhan   :

(esto son pensamientos y está hablando solo) Estaba descansando en mis brazos, y no me apetecía despertarle ni moverme un ápice. Estaba dormido como un bebé en un castillo de cristal que se haría añicos de un solo golpe. Así que le dejé descansar en

ese frágil momento. Al no poder conciliar más el sueño y no permitirme moverme, me había convertido en uno con esta litera: tal vez "la litera del amor"...

Farhan movió un poco la cortina y miró al exterior.

Aún estaba oscuro, pero en un instante el horizonte se convirtió en una tenue línea suspendida en la oscuridad y luego la línea se dibujó hacia arriba, cada vez más alta. Era como si una mano gigante hubiera descendido del cielo y levantado lentamente la cortina de noche de la faz de la tierra.......

Farhan :

(son pensamientos y está hablando consigo mismo) El sol brillaba y lo único que sabía era que en unos instantes desapareceríamos como gotas de rocío bajo el sol de la mañana.

El corazón de Farhan late con fuerza porque sabe que pronto serán las 7 de la mañana y puede que nunca se reúna con él. ¿Desaparecerá Sarthak? No puede llamar, no tiene teléfono; ¡ni número! Por supuesto, existe Facebook, pero la gente se pierde. No dejaba de preguntarse: "¿Por qué ocurrió si tenía que ser sólo una noche?

Farhan :

(son pensamientos y está hablando consigo mismo) ¿Por qué tocó las cuerdas de mi corazón? ¿Por qué ocurrió cuando vine tan lejos de casa? ¿Por qué alguien encontró la llave de mi corazón? Como en los libros de Murakami, la gente viene y desaparece en tierras extrañas. ¿Será esta noche un sueño? ¿Serán sólo

pensamientos los que jueguen en mi mente? Si no vuelvo a verle, quién sabe qué pasará, quién sabe cómo acabarán las cosas...

Las luces se vuelven azules

Escena VII
Los cristales tintados

Sarthak deja su Ukelele y va a dejarlo caer. Sarthak le abraza fuerte, se abrazan fuerte y, para ocultar sus emociones, se ponen las gafas de sol a las 7 de la mañana. Sienten el dolor de la separación. Tras el apretado abrazo, sube al autobús y éste se aleja. Intenta ver a Sarthak desde las ventanas negras manchadas, pero Sarthak desaparece en la oscuridad. Farhan vuelve a casa (entre el público) con la luz del sol, y se pregunta si todo ha sido un sueño, pero no era un sueño. Porque tiene un Ukelele en la mano que demuestra que había sucedido. No era un sueño. Que hubo una noche como ésta en otro tiempo.

Farhan :

(estos son pensamientos y está hablando consigo mismo) La puerta del autobús que conducía a casa de Sarthak, se habría cerrado de golpe tras de mí y necesitaba orientarme en una nueva y diferente.

Sarthak :

(estos son pensamientos y está hablando consigo mismo) Una vez que salió del autobús y se fue, mi mundo quedó de repente vacío y sin sentido. Ahora me siento como un caracol sin concha. Tengo miedo de esta litera solitaria y de cómo voy a pasar el resto del viaje.

Farhan :

(estos son pensamientos y está hablando consigo mismo) Tenía mi pequeño mundo dentro de mí. Un mundo que era

sólo para mí, nadie podía entrar. Así es como lo protegía. Le dejé 'entrar' y ahora el mundo ha cambiado. ¿Por qué siento que si no vuelvo a verle me volveré loca?

Sarthak :

(son pensamientos y está hablando solo) La noche desapareció. Parecía como si un poeta escribiera su mayor poema con tinta que desaparece al instante.

Música - Fly On de Cold Play puede escucharse aquí

Cortina

Sobre el Autor

El Dr. Omkar Bhatkar es sociólogo con una tesis doctoral sobre proxémica y ecología social. Desde hace una década es profesor visitante de Teoría del Cine, Estudios Culturales y Estudios de Género. También ha formado parte del profesorado de los Programas Internacionales de Sociología de la London School of Economics.

Es cofundador y director del ecléctico Centro de Filosofía y Artes Escénicas St. Andrew's, que se esfuerza constantemente por tender puentes entre el arte y el mundo académico. Omkar Bhatkar dirige su propio grupo de teatro, Metamorphosis Theatre Inc. Sus obras se centran principalmente en la poesía en movimiento, los temas existencialistas y la traducción de obras francesas contemporáneas. Ha escrito y dirigido más de veinte obras, varias de las cuales se han representado en Festivales de Arte y Teatro. En colaboración con la Alliance Française de Bombay, ha dirigido varias obras francesas contemporáneas en inglés. También es crítico escénico y reseña obras de teatro. La obra "Tormenta azul" del Dr. Bhatkar fue seleccionada en el Festival de Teatro de Autores de Asia 2021, celebrado en Corea del Sur. Tormenta azul" fue también obra invitada en el Festival Internacional de Teatro Femenino 2021 celebrado en Incheon (Corea del Sur). Aunque tiene sus raíces en el teatro, también explora el mundo del cine. Como cineasta, ha escrito y dirigido largometrajes independientes como Perhaps Tea, The Farewell Band, Testament of Emily, y también un documental poético titulado "Painted Hymns: Las capillas de Santa Mónica". Recientemente ha realizado un largometraje experimental titulado "Tiempo, distancia, memoria en la pluma de un ala".

Es un talasófilo que encuentra consuelo ahogándose en las profundidades de la poesía y pasa su vida despierto pintando, leyendo, escribiendo y entablando conversaciones tomando té negro.

www.ingramcontent.com/pod-product-compliance
Lightning Source LLC
LaVergne TN
LVHW041636070526
838199LV00052B/3389